I0683543

LA GRÈCE DÉLIVRÉE,

Dithyrambe,

Par M. Hubert de Bercy.

PRIX 1 FRANC,

Au profit du Monument de Bisson.

A NANTES,

Lithographie de Mellinet-Malassis.

1828.

La

Grèce Délivrée,

Dithyrambe.

Prix : 1 fr., au profit du monument de Bisson.

La

GRÈCE DÉLIVRÉE,

Dithyrambe,

Par

M. HUBERT DE BERGY.

PARIS,

à la Librairie de Rosier,

Rue Montmartre, n.° 68.

NANTES,

Imprimerie de Mellinet-Malassis.

1828.

La Grèce Délivrée.

Faible enfant d'Apollon,
Quelle est donc ton audace ?
Sur le sacré vallon
Il te faut une place ?...
Les Muses à tes chants
Daignent–elles sourire ?....
Pour qui sont tes accents
Quand résonne ta lyre,
Et quel noble sujet t'inspire ?....

Des Grecs je chante les malheurs
Et la bravoure et la constance....
Ces guerriers, de la faim supportant les horreurs,
Et les yeux tournés vers la France,
Font entendre ces cris : «—Encor quelques secours...
» O chrétiens ! donnez-nous et du pain et des armes,

» Et sur notre avenir nous serons sans alarmes !.....
» Du grand Léonidas nous verrons les beaux jours !...»

Leurs cris sont entendus : chacun vole et s'empresse...
Des Hellènes nos cœurs ont reconnu la voix,
Et l'infâme Croissant est vaincu par la Croix !...

L'espoir renaît dans les champs de la Grèce....
Canaris, sur les mers, secondé par Vulcain,
         Guidé par la vengeance,
Va répandre l'effroi jusqu'aux murs de Byzance....

Mais d'Ibrahim ce barbare Africain
         Sur les Grecs le soldat s'élance,
Et de Missolonghi vont tomber les remparts.....
De ce triste tableau détournons les regards.....
Contre tant d'ennemis, avides de carnage,
         Que peut, hélas ! le plus noble courage ?....

Mais que vois-je?.. La mer se couvre de vaisseaux...

Comme un libérateur Cochrane enfin s'avance....

De la valeur, quelle est donc la puissance ?....

Tout reconnaît ses lois, soldats et généraux.

« Grecs ! — j'en ai l'assurance,

» Tous vos maux vont finir....

» Soyez unis : pour votre délivrance,

» Je promets aujourd'hui de vaincre ou de mourir ! »

Ainsi parle Cochrane : on jure d'obéir,

De faire triompher la patrie et la gloire.....

« — Je crois, dit le héros, je crois à vos serments,

» Et bientôt nous verrons le dieu de la victoire

» Offrir à vos aïeux vos drapeaux triomphants ! »

Quel bruit et me trouble et m'éveille ?...

Quels cris ont frappé mon oreille ?...

N'entends-je pas le son

Du belliqueux clairon ?....

Pourquoi tous ces apprêts de combats et de guerre?..
Un conquérant encor ravage-t-il la terre ?...
« — Combattre le Croissant suffit à nos désirs...
   » Aux armes ! aux armes ! aux armes !
   » Adieu repos , adieu plaisirs,
» Pour des soldats français que la gloire a de charmes!
   » Aux armes ! aux armes ! aux armes !.... »

La mère , sur son fils , verse-t-elle des larmes ?...
Le commerce vient-il, en longs habits de deuil,
   D'une voix suppliante ,
Redemander la paix?.... — Non, c'est avec orgueil
Que d'une nation généreuse et souffrante
   Il voit briser les fers.

Qui de Pluton quitte le séjour sombre ?.....
Du grand Léonidas qui peut réveiller l'ombre ?....
   Qui peut le ravir aux enfers ?....

Pour son pays qui gémit et succombe
Le grand homme s'arrache au repos, à la tombe !
« Liberté ! liberté ! »
Ces mots du Spartiate ont ranimé la cendre....
« — Plutôt mourir que de jamais se rendre ! »
A crié le héros !.... Les Grecs ont répété :
« — *Liberté ! liberté !*
» *Plutôt mourir que de jamais se rendre !....* »

J'entends du glaive aiguiser le tranchant....
J'entends sur l'onde
L'airain qui mugit et qui gronde....
Malheur à toi, perfide Musulman !

Qui me parle de gloire ?....
Quelle voix à mon cœur fait entendre ces mots :
« — Saisis ton luth : qu'un hymne de victoire
» Fasse de Navarin retentir les échos !.... »

L'oracle s'accomplit.... Et vers les Dardanelles,
Le Léopard , l'Aigle et les Lis ,
Oubliant leurs vieilles querelles ,
Pour le salut des Grecs , se sont tous réunis....

Le cruel Ottoman frémit à cette vue....
De ses propres sujets il devient le bourreau....
Blasphême encore aux portes du tombeau....
Mais, semblable à l'éclair qui sillonne la nue,
Des Lis la bannière éclatante
Des soldats du Prophète est déjà triomphante !....

Pour des chrétiens , quand tu verses ton sang,
O France! ô ma noble patrie !
Faut-il qu'à tes guerriers on arrache la vie !

Sur les mers d'Orient ,
Attaqué par des Grecs infâmes ,
Bisson prononce le serment
De vaincre ou se venger par le fer et les flammes.

De son vaisseau, malgré tous ses efforts,
Les ennemis pressent les bords.

A la tête des siens, BISSON, avec courage,
Sait braver des forbans et les coups et la rage.
Il sème autour de lui la terreur et la mort....
Mais en vain....Il se voit trahi par la victoire...

« Attendez, dit BISSON, quelques instants encor :
» Tout n'est pas perdu pour la gloire....
» J'entends l'écho de Navarin....
» Il m'excite.... Il m'anime....
» Cet oracle est certain....
» Craint-on la mort, quand la mort est sublime ! »

A l'instant même une torche à la main,
Jusqu'à l'endroit où sommeille la foudre,
Il se fraie un chemin,
Et la flamme bientôt, pénétrant à la poudre,

Engloutit dans les flots ,
Et les forbans et le héros. (*)

O digne enfant de l'Armorique !
Que sur le sol qui t'a porté
Un monument de ta mort héroïque
Redise tous les droits à l'immortalité !

Noble pays ! heureuse Grèce !
Si j'en crois mes désirs, si j'en crois ta valeur ,
Bientôt la vierge avec douleur
Ne contemplera plus ses attraits , sa jeunesse....
Tes champs ne seront plus par le feu ravagés....
Sur leurs autels, tes prêtres égorgés.....

(*) *Le brave pilote* TRÉMENTIN *, qui était resté à bord du vaisseau ,
quoiqu'il connût la résolution de* BISSON *, fut jeté à la côte. Il avait
promis à l'héroïque marin , qu'en cas qu'il lui survécût, il mettrait
lui-même le feu aux poudres. — Il doit partager notre admiration
avec* BISSON.

Combattez, généreux Hellènes !
Vos bras ne sont point faits pour supporter des chaînes !.

Nulle paix, nul bonheur
Pour qui gémit dans l'esclavage....
Le jour le plus serein devient un jour d'orage ,
Quand sous les lois d'un farouche oppresseur
Il faut courber la tête , il faut flétrir son cœur....

Chéris tes souverains, mon heureuse patrie !
Tu leur dois ton repos, et cette liberté
Qui , dans des jours affreux, hélas ! te fut ravie !.....
Tu leur dois ta splendeur et ta prospérité !

O CHARLES ! ô mon roi ! puisses-tu sur la France
Régner long-temps encor !
Ta voix à tes sujets a rendu l'espérance....
La France sous ton sceptre aura son âge d'or !.....

Qu'il suive ton exemple,

Qu'il suive tes leçons ,

Cet auguste enfant des BOURBONS !

Avec orgueil notre amour le contemple !....

Un jour de sa patrie il soutiendra l'honneur....

Qu'il ait de SAINT-LOUIS, la vertu , la valeur

Et surtout la justice.

Sous son règne propice

Au commerce, aux beaux-arts ,

Les savants protégés , d'une voix solennelle

Diront de toutes parts :

« — Des princes voilà le modèle! »

Encore un noble effort ,

Nation magnanime !....

Que ton courage aujourd'hui se ranime,

Et l'héroïsme aura fixé ton sort.

Grèce, plus d'alarmes !

Pour toi l'Europe a pris les armes :

Malheur à tes tyrans !....

Quel brillant avenir à mes yeux se présente !....
La Grèce, heureuse et florissante,
Peut de la liberté faire entendre les chants....
Elle est indépendante !

Fils de Léonidas ! ô peuple de héros !
Jouissez de la paix, des douceurs du repos !
Que le commerce et l'industrie,
A l'ombre des lauriers moissonnés par l'honneur,
Fleurissent dans votre patrie
Et répandent sur vous l'aisance et le bonheur !

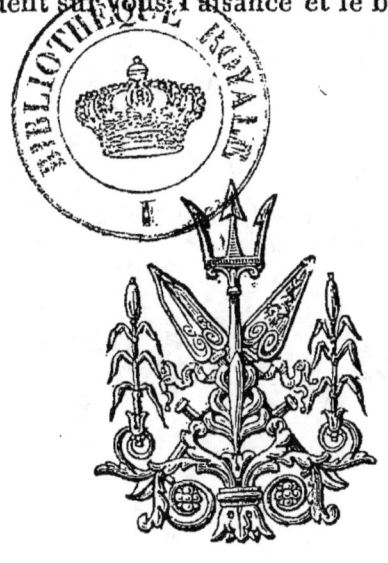